Los dentistas

Quinn M. Arnold

CREATIVE EDUCATION
CREATIVE PAPERBACKS

semillas del saber

Publicado por Creative Education y Creative Paperbacks
P.O. Box 227, Mankato, Minnesota 56002
Creative Education y Creative Paperbacks son marcas
editoriales de The Creative Company
www.thecreativecompany.us

Diseño de Ellen Huber; producción de Christine Vanderbeek
Dirección de arte de Rita Marshall
Traducción de Victory Productions, www.victoryprd.com
Impreso en los Estados Unidos de América

Fotografías de Alamy (CandyBox), iStockphoto (FatCamera),
Shutterstock (Tatiana Chekryzhova, Chinnapong, el lobo,
ESB Professional, Humannet, Dmitry Kalinovsky, kurhan,
michaeljung, Monkey Business Images, Photosampler,
Rocksweeper, Romas_Photo, Scott Rothstein, Silver Spiral Arts,
Syda Productions, Kristijan Zontar)

Información del Catálogo de publicaciones de la Biblioteca
del Congreso is available under PCN 2017935647.
ISBN 978-1-60818-928-1 (library binding)

TABLA DE CONTENIDO

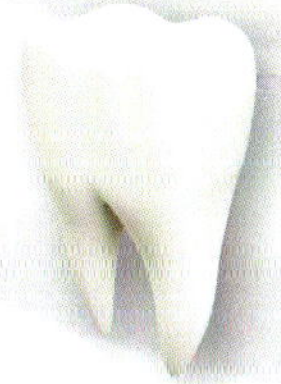

¡Hola, dentistas!

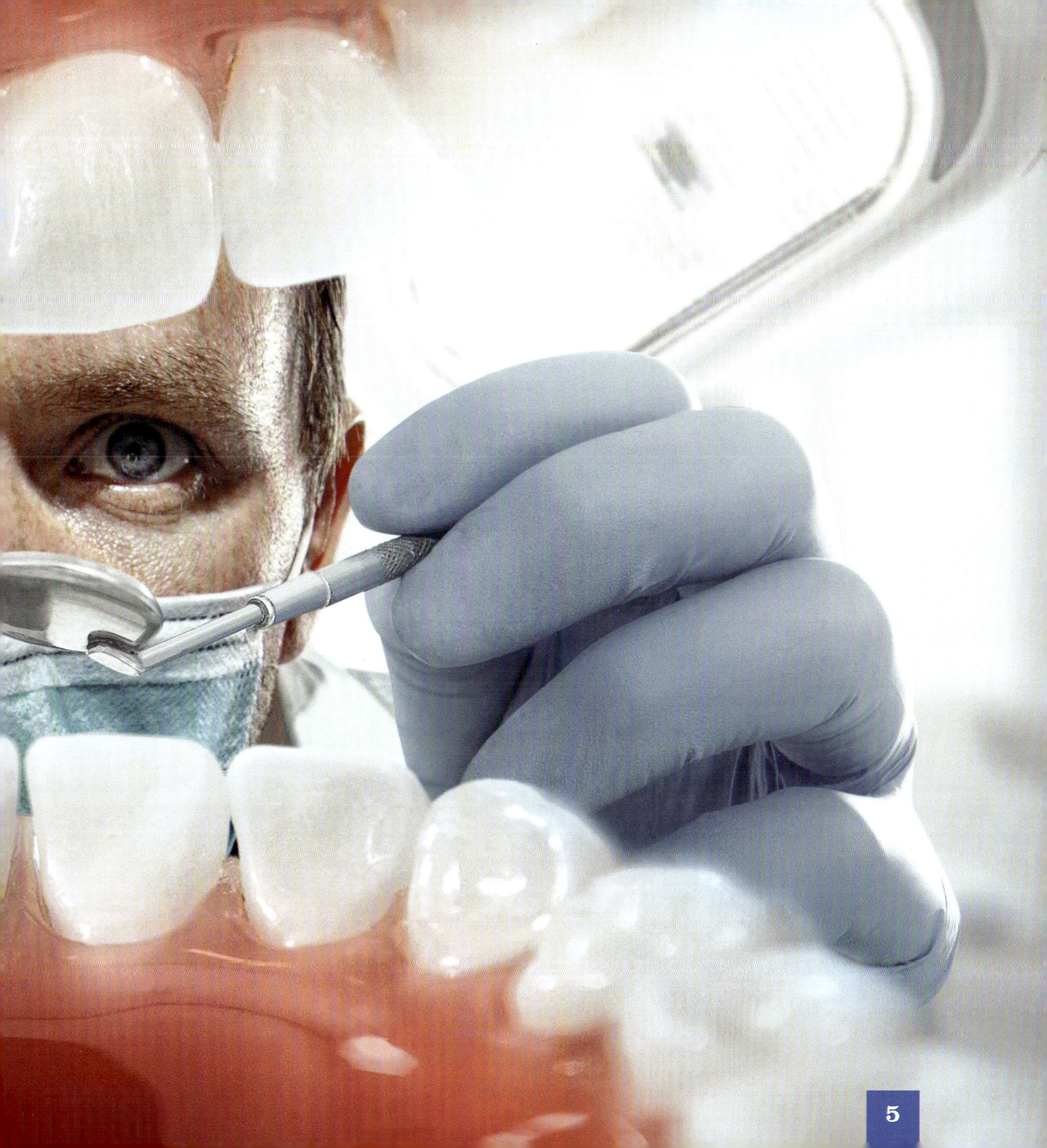

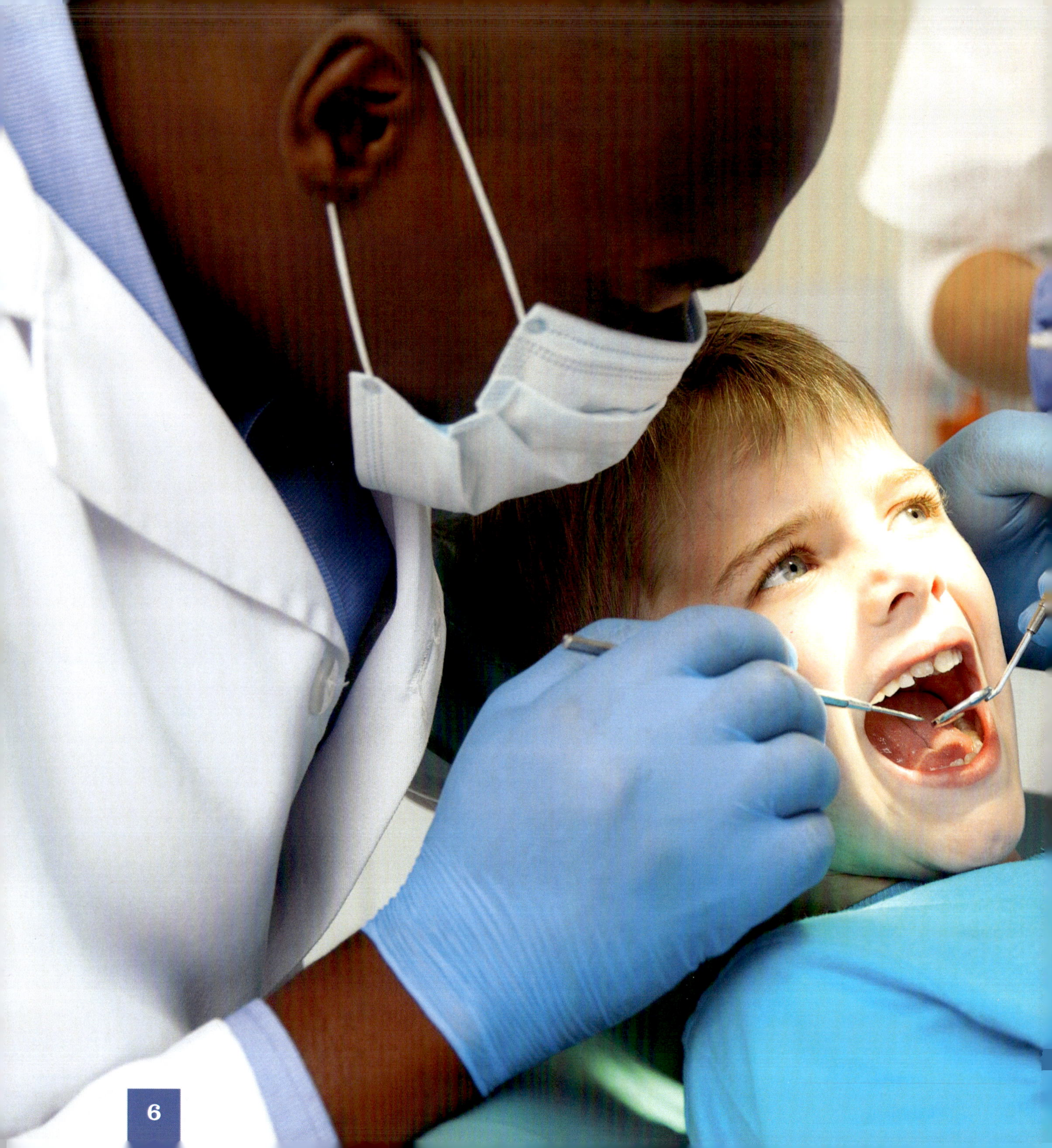

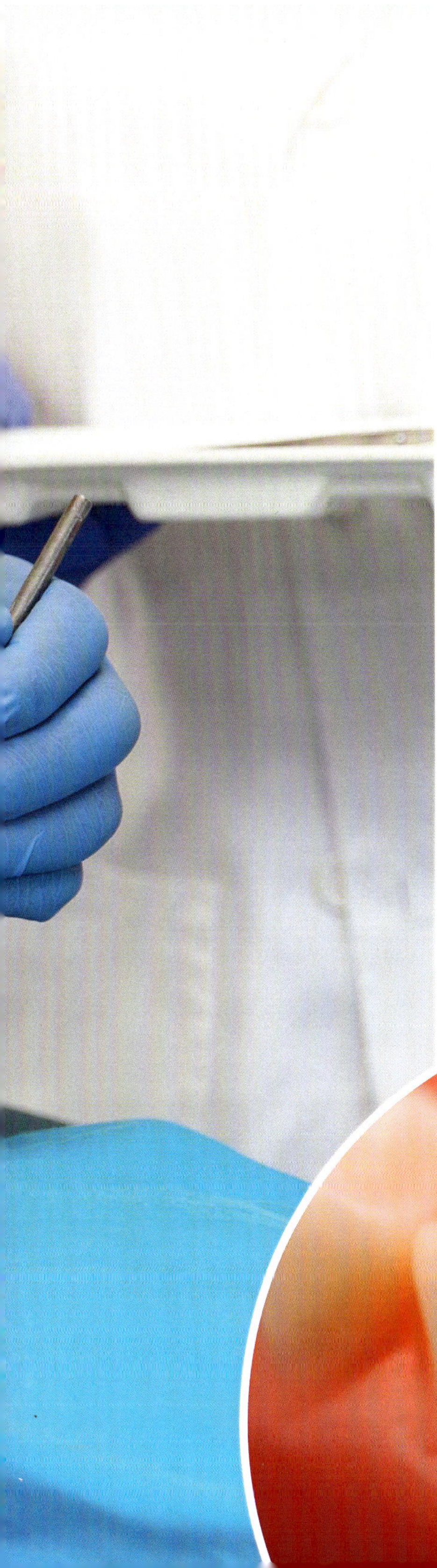

Los dentistas son doctores. Ellos cuidan la boca de las personas. Se aseguran de que sus dientes y sus encías estén saludables.

La mayoría de los dentistas trabajan en un consultorio. Los higienistas ayudan a los dentistas. Ellos limpian los dientes. Enseñan a las personas a cepillarse y a usar el hilo dental.

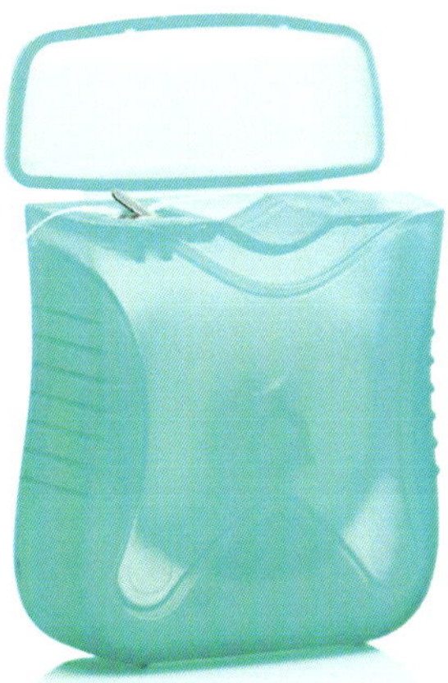

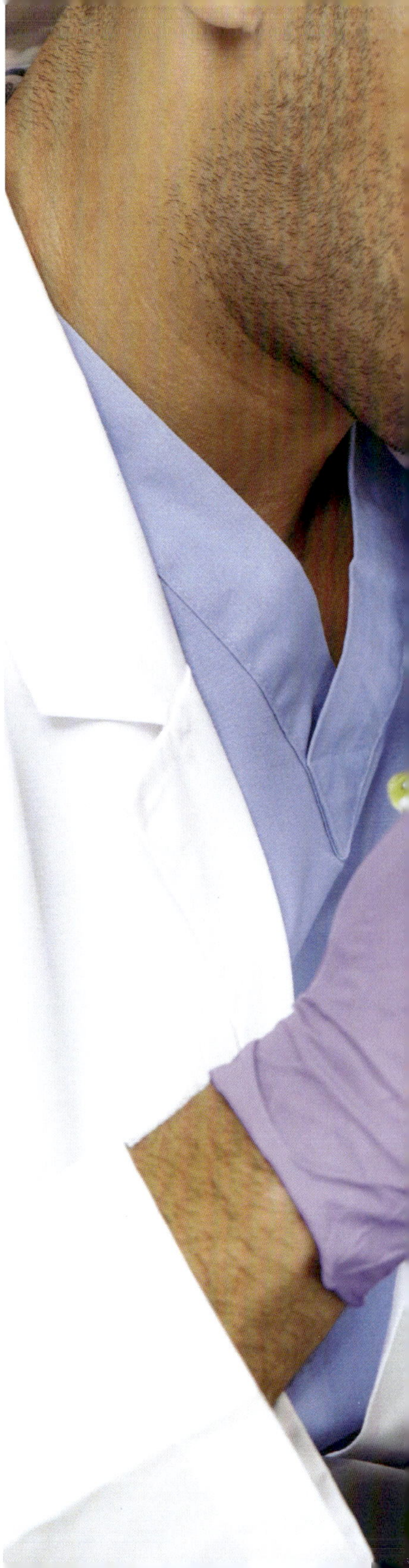

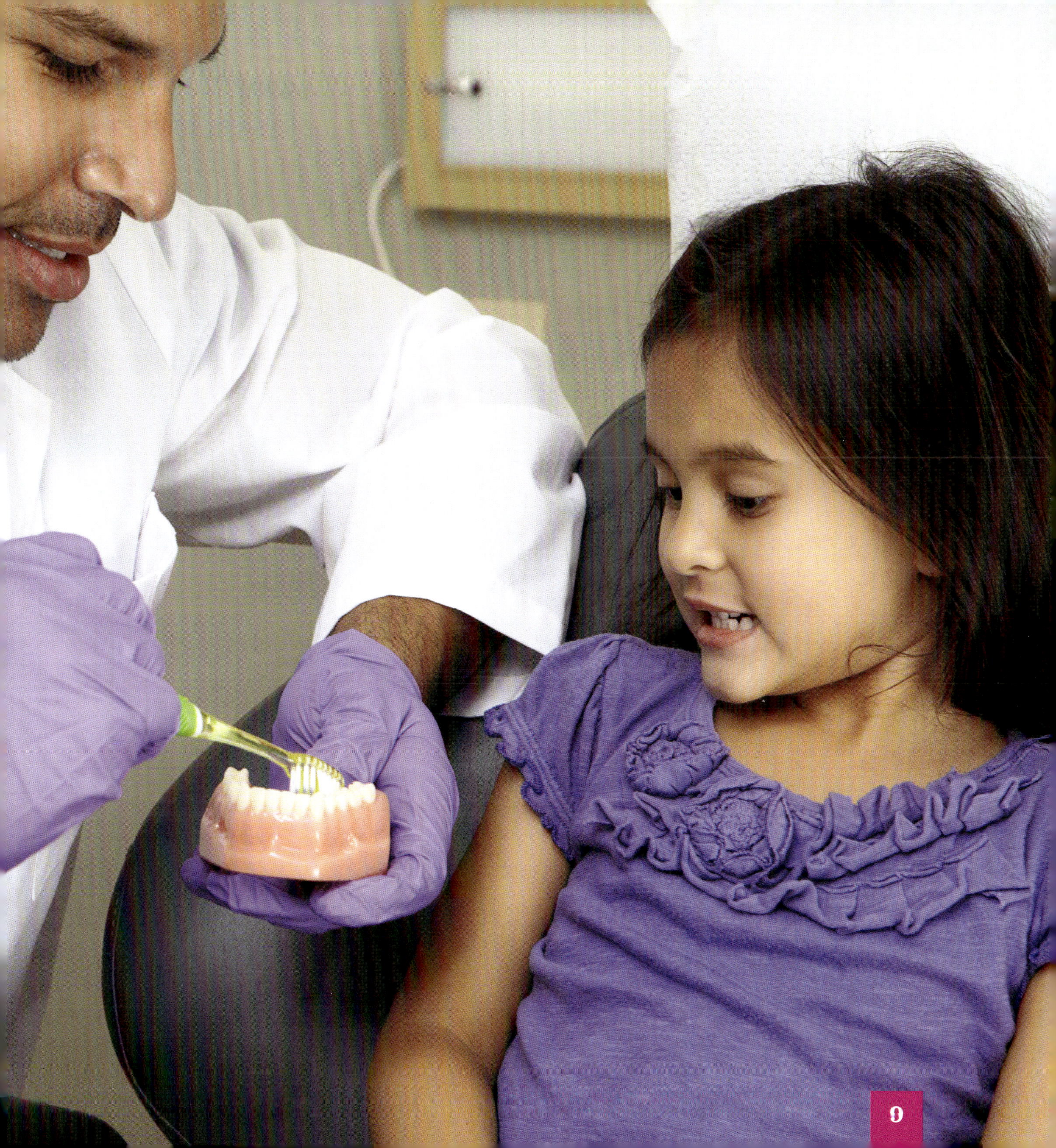

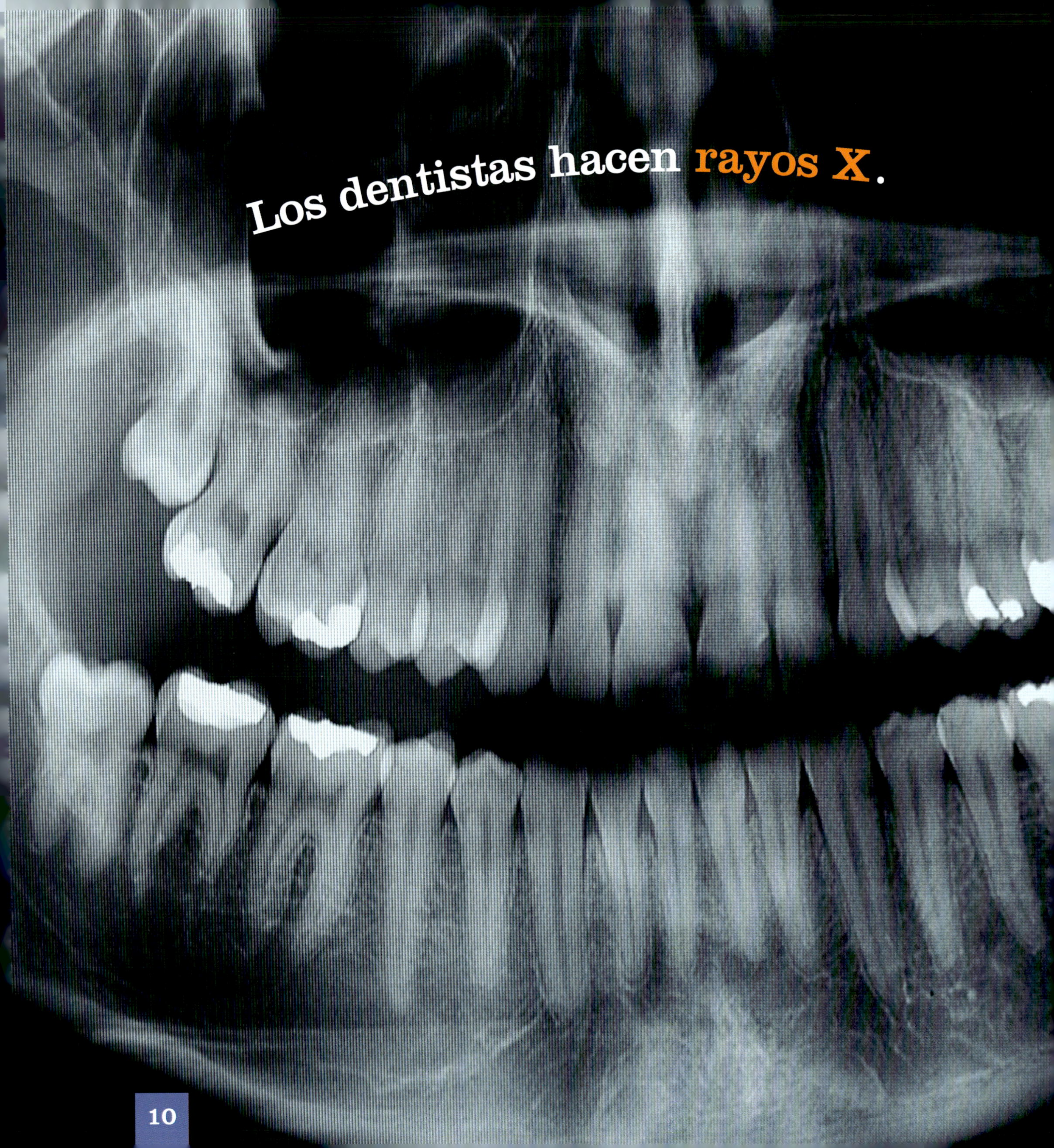

Los dentistas hacen **rayos X**.

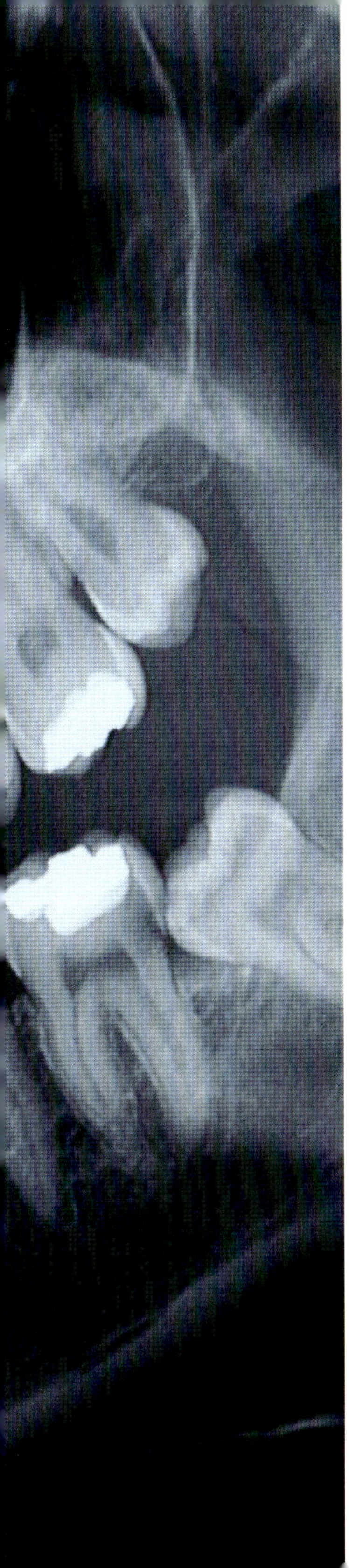

Ellos rellenan las caries. Arreglan los dientes que están partidos y sacan los dientes que están flojos.

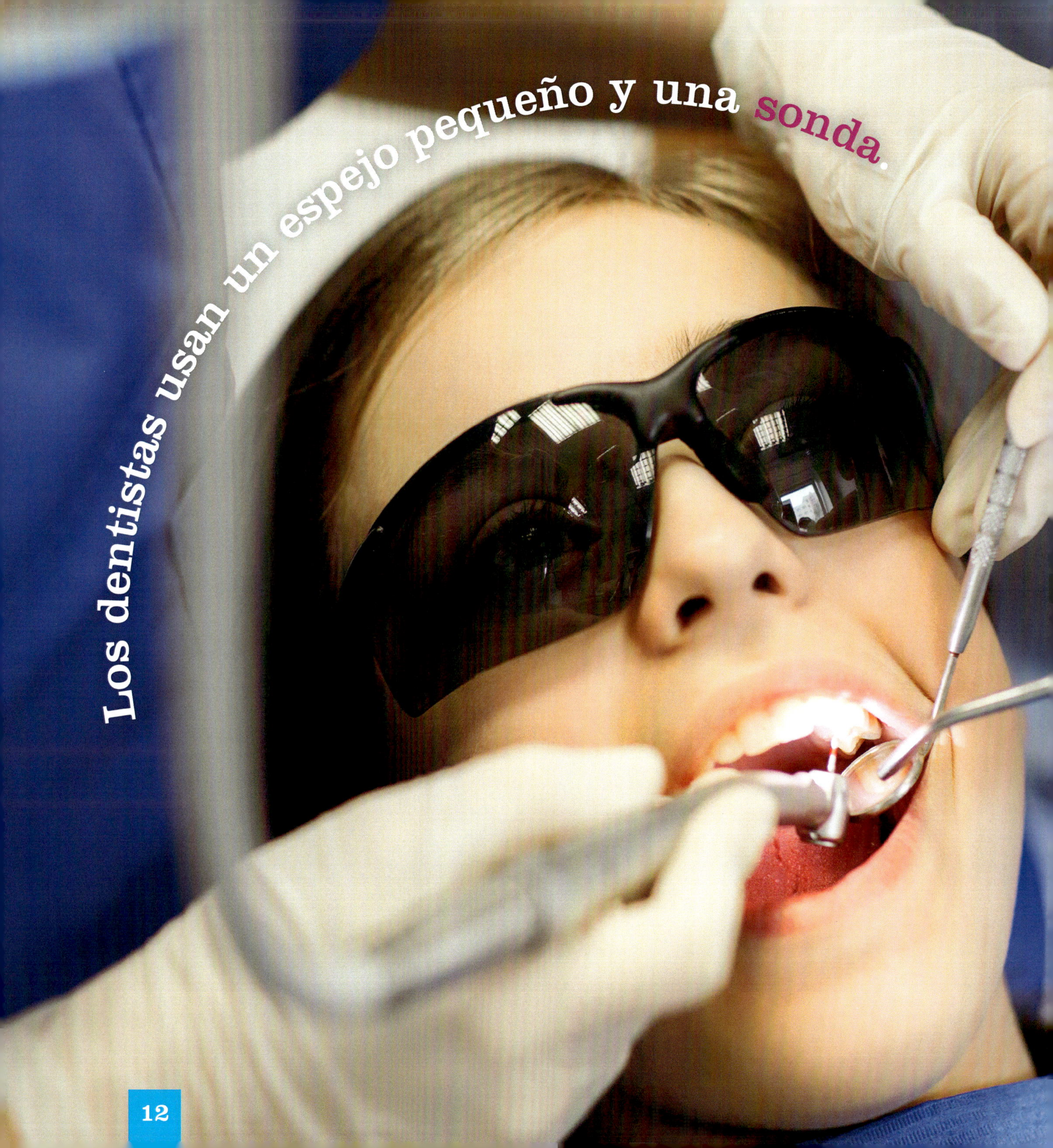

Los dentistas usan un espejo pequeño y una **sonda**.

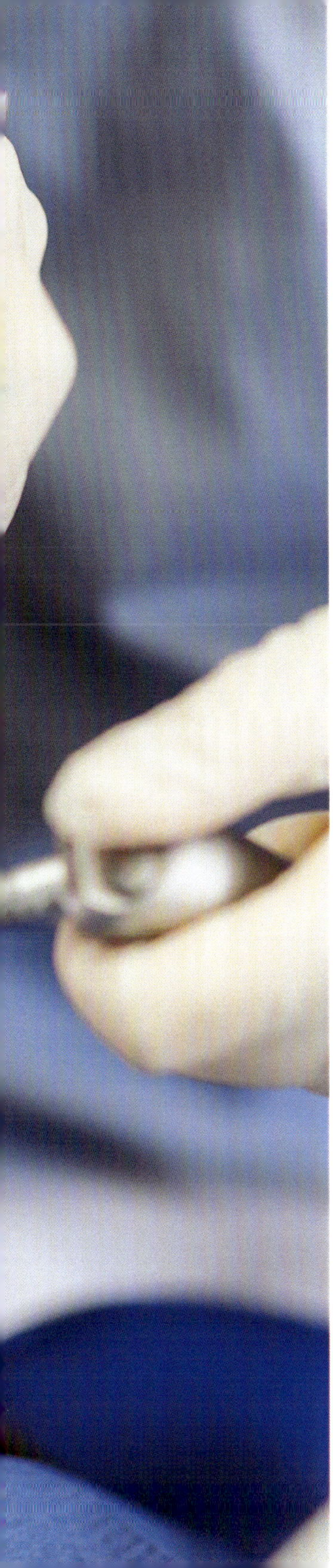

Estos instrumentos los ayudan a ver adentro de la boca. Otros los ayudan a arreglar los dientes.

Todos los dentistas usan guantes y una máscara mientras trabajan. Muchos también usan una bata blanca.

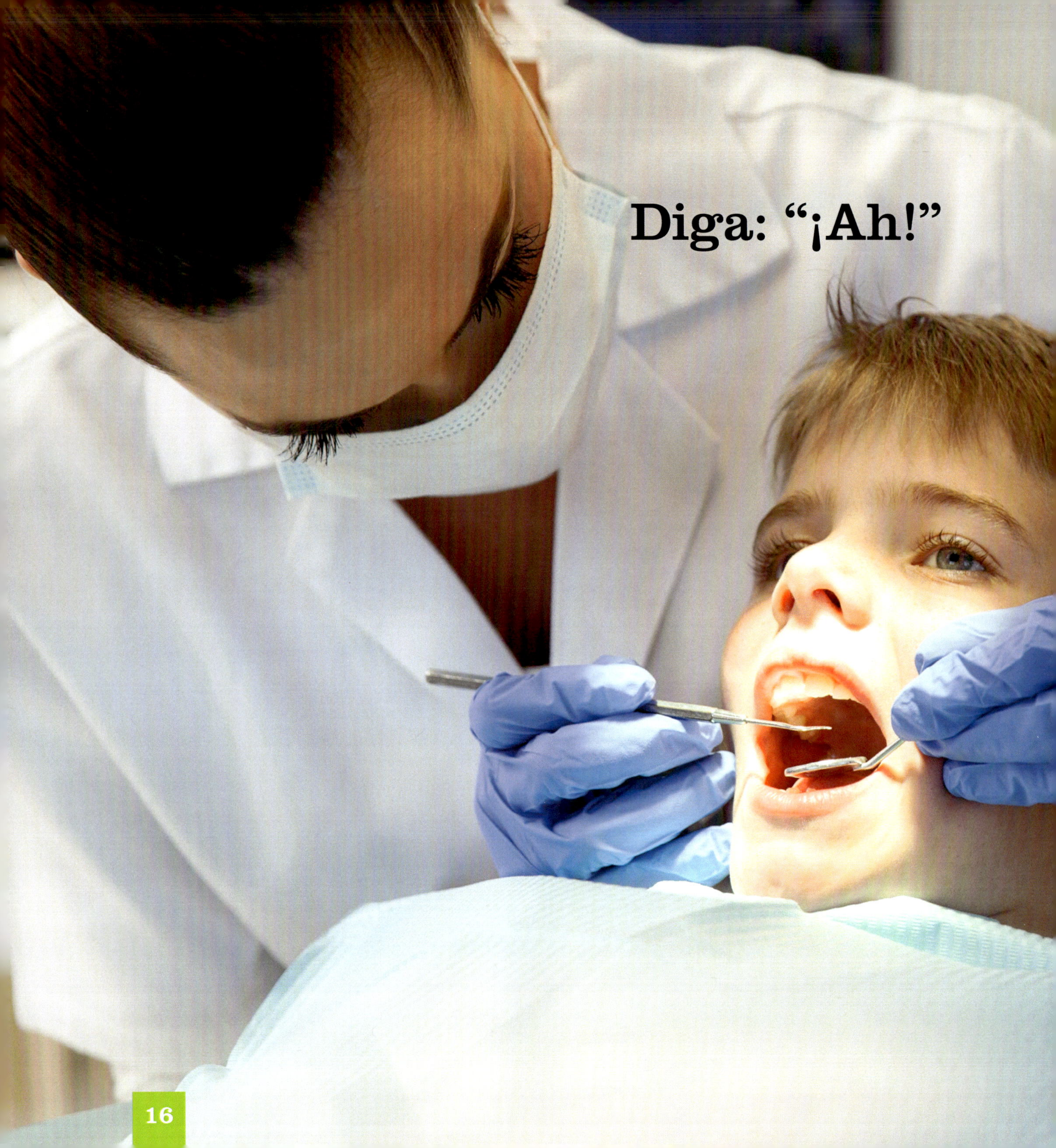

Diga: “¡Ah!”

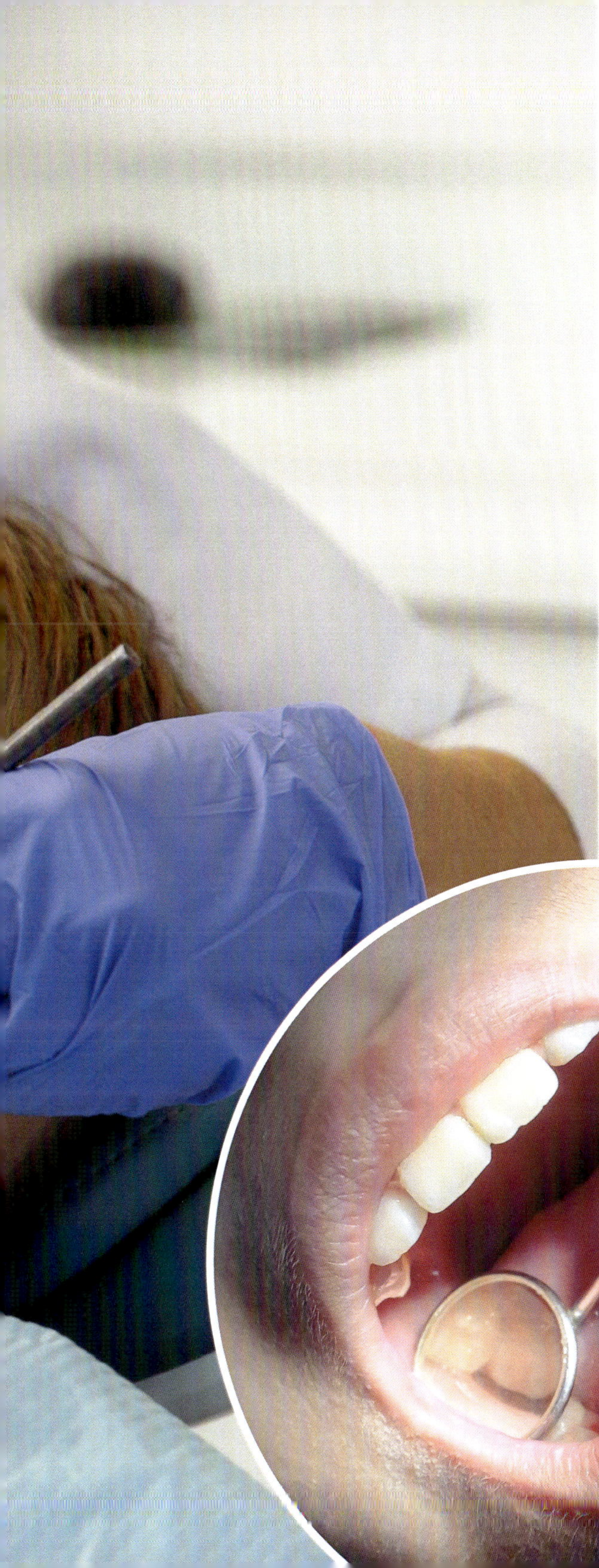

Los dentistas chequean los dientes. Ellos ayudan a las comunidades a mantenerse saludables.

¡Adios, dentistas!

Imágenes de un dentista

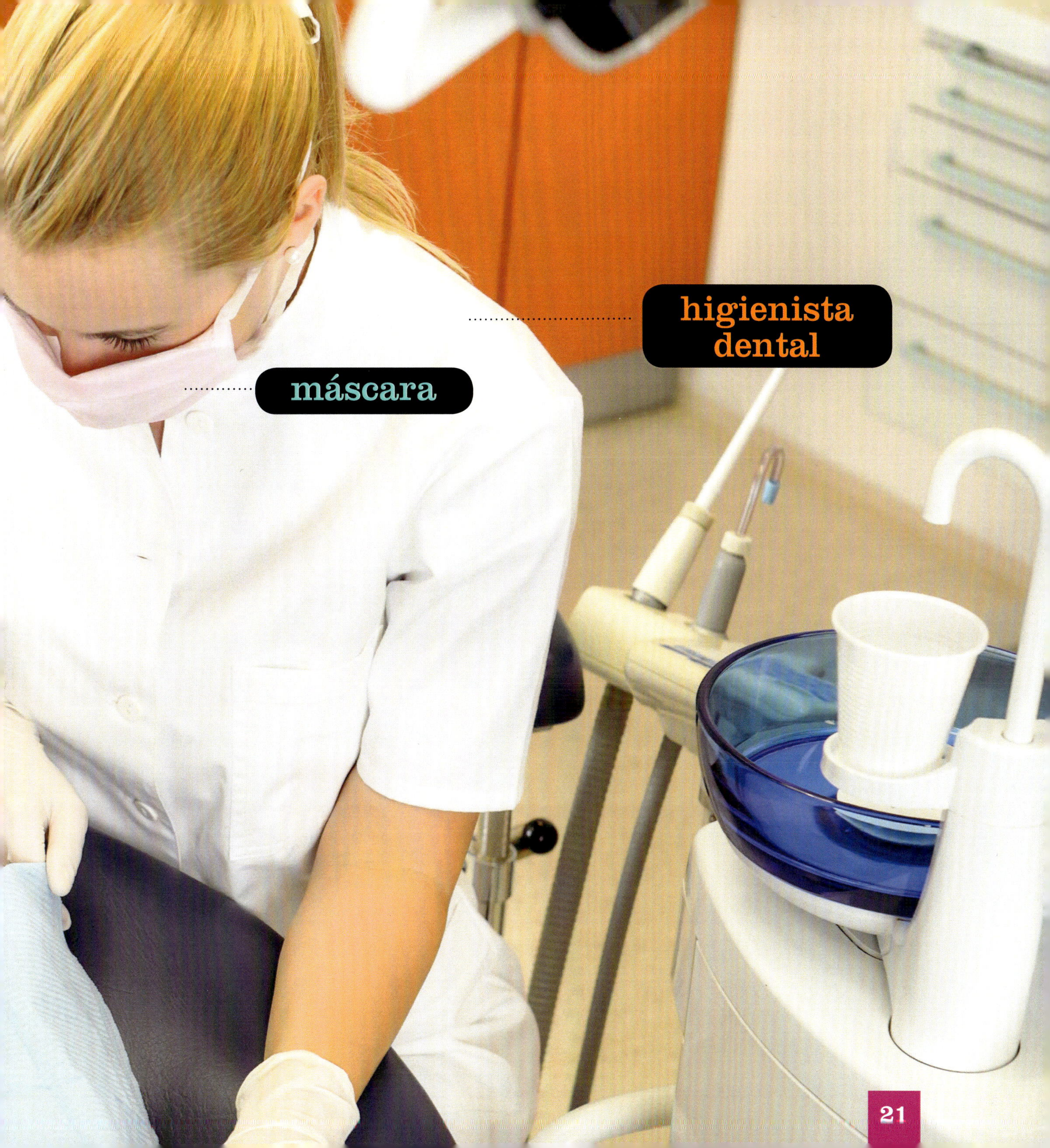
higienista dental
máscara

Palabras que debes saber

caries: partes enfermas de un diente que hay que quitar y rellenar

higienistas: asistentes dentales que limpian los dientes

rayos X: fotografías que muestran los huesos de una persona, incluyendo los dientes

sonda: instrumento médico pequeño que se usa para ver alrededor de un área

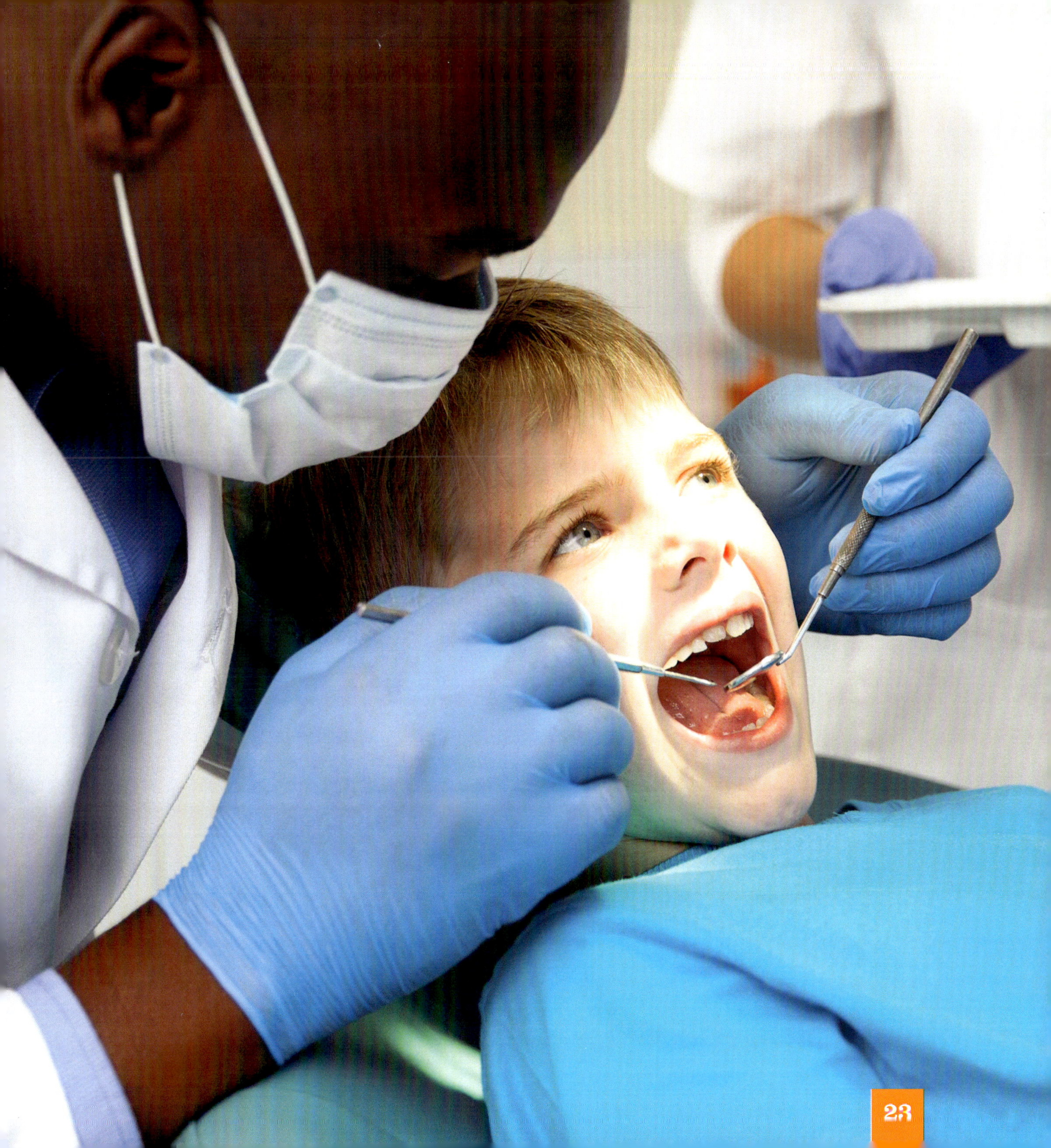

Índice

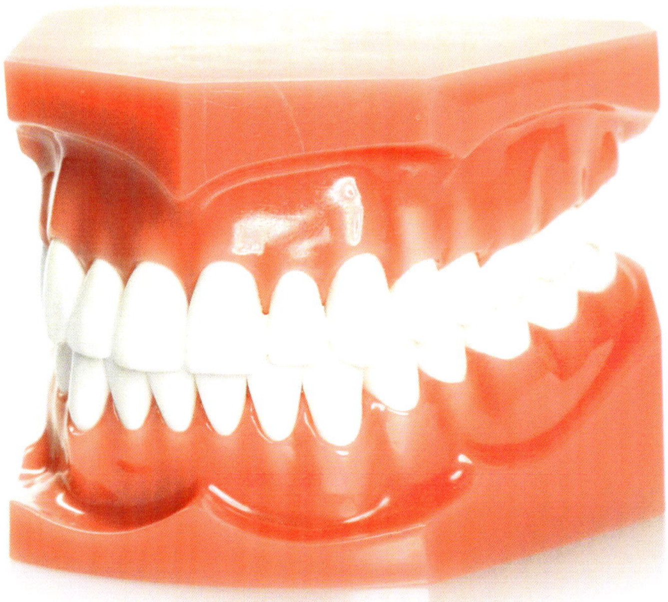